ÉPÎTRE

A

M. HIPPOLYTE LEFEBVRE.

ÉPÎTRE

A

M. HIPPOLYTE LEFEBVRE,

ANCIEN PROFESSEUR D'ÉLOQUENCE

DE L'ACADÉMIE ROYALE DE JUILLY,

ET

L'UN DES RÉGÉNÉRATEURS

DE CETTE MAISON.

Pierides : vos hæc facietis maxima Gallo ,
Gallo , cujus amor tantùm mihi crescit in horas ,
Quantùm vere novo viridis se subjicit alnus.

VIRG. Eclog. x.

PARIS,

DE L'IMPRIMERIE DE P.-N. ROUGERON , RUE
DE L'HIRONDELLE , N° 22.

1820.

ÉPÎTRE.

J'ai trop senti des vers l'ineffable douceur ;
D'une austère raison écoutant la rigueur,
Des Muses à regret fuyant l'heureux délire,
J'avais, les yeux en pleurs, j'avais brisé ma lyre.
Quelle puissante voix soudain parle à mon cœur,
Et d'un feu mal éteint vient réveiller l'ardeur ?
Apollon, c'en est fait, tu reprends ton empire ;
Je cède, j'obéis au transport qui m'inspire :
Je retrouve un ami que le ciel m'a rendu (1),
L'ami que j'ai pleuré, que j'avais cru perdu :
Oui, c'est lui, je l'entends ; dans mes bras je le presse.
Mais je ne sais quel trouble et m'agite et m'oppresse :
D'où naissent donc ces pleurs qui coulent malgré moi ?
Ami, de tes tourmens je garde encor l'effroi.

    Lorsque d'un mal cruel tu souffris les atteintes,
Quels furent mes ennuis, et mon deuil et mes craintes !
Accusant du destin la rigoureuse loi,
Je ne pouvais parler, m'occuper que de toi.

L'éloquence , les arts ne m'offraient plus de charmes ;
Mes jours se consumaient en mortelles alarmes.
O caprices du sort ! naguères tous les deux ,
Dans un champêtre asile et l'un par l'autre heureux ,
Nous vivions réunis , en ces mois où Pomone
Ramène les loisirs et les jeux de l'automne.
De la Grand'Salle alors se taisent les échos ;
Au bruit tumultueux succède un doux repos ;
Et Thémis, lasse enfin de tenir sa balance,
Condamne les plaideurs à deux mois de silence.

Loin des bruyans débats, cherchant l'ombre et le frais ,
La campagne est pour nous l'asile de la paix.
Que j'aime du Meillet les tranquilles bocages !
Que j'aime de Rosny (2) les augustes ombrages !
Bois révéré, salut! sous ton antique abri ,
Je répète en pleurant le nom d'un roi chéri.
Tantôt à pas pressés nous parcourons la plaine ,
Et tantôt nous suivons les rives de la Seine ,
Lorsque le dieu du jour variant nos tableaux ,
De ses rayons mourans vient caresser les flots.
Poursuis, Nymphe, poursuis ta course vagabonde !
Flore embellit les bords que rafraîchit ton onde.
Ici, l'œil aperçoit un sombre et vieux château ;
Plus loin, des vendangeurs courbés sous le fardeau ;

Là, Mante (3) à nos regards s'offre en amphithéâtre ;

Là, du fermier voisin j'entends chanter le pâtre ;

Là, mollement assis à l'ombre d'un ormeau ,

Nous voyons s'animer les danses du hameau.

Riant Meillet ! séjour qu'à tout lieu je préfère,

Heureux si, retirés sous ce toit solitaire,

Du fracas de Paris, affranchis pour toujours,

Nous pouvions dans ton sein laisser couler nos jours !

Cher ami , tes leçons agrandissant mon être,

M'échauffaient , m'embrasaient de l'amour de connaître,

Et , dans l'ordre des temps , je voyais à ta voix

De la société se dérouler les lois :

Contemplant à loisir ton âme toute entière ,

J'en voyais par torrent s'épancher la lumière,

Et je croyais, admis dans le sacré vallon ,

Entendre les accens d'Orphée ou d'Apollon.

De nos doux entretiens ferai-je la peinture ?

Ou dirai-je ton âme et si noble et si pure ?

Qui pourrais-je égaler ou comparer à toi ?

Où trouver ta raison , ta sagesse, ta foi !

Toujours épris du bien , au bien toujours fidèle ,

D'un mortel vertueux rare et parfait modèle !

Qui dans l'art d'enseigner la docte antiquité,

Sut joindre à plus de goût , plus de lucidité !

D'une savante main, qui sut mieux de l'étude
Aplanir le sentier et difficile et rude !
Toujours ce que tu dis, facile à retenir,
Imprime dans l'esprit un profond souvenir,
Des chefs-d'œuvre de l'art découvre le mystère,
Apprend à bien penser, à bien dire, à bien faire.

 Asile des vertus, séjour si plein d'attraits,
Tes murs reconnaissans ne l'oublîront jamais,
O Juilly !.... (4) tes échos se plairont à redire
Les vers harmonieux que modulait sa lyre (5).
Du cygne de Mantoue il empruntait la voix :
Il chantait comme lui les bergers et les bois,
Et comme lui, porté sur des ailes sublimes,
Célébrait le retour des siècles magnanimes.
De l'élégant Catulle élégant traducteur,
Je l'entends d'Ariadne exhaler la douleur :
Je le vois dans des vers où brille la sagesse,
De respect et d'amour entourer la vieillesse (6).

 O vous, qu'à la vertu sa main sut façonner,
De lauriers et de fleurs venez le couronner ;
Venez vous joindre à moi dans ce séjour champêtre,
Pour célébrer l'ami, le poète et le maître !
Hâtons-nous, le temps vole et s'enfuit sans retour ;
Hélas ! tout se flétrit et tout meurt chaque jour

L'impétueux amant de la jeune Orythie
S'agite dans les airs et souffle avec furie ;
Le soleil de ses feux ne rougit plus les monts,
Et les agneaux bêlans s'éloignent des vallons.
Nos arbres dépouillés ont perdu leur verdure,
Et nos vergers leurs fruits, et nos champs leur parure :
L'air humide et brumeux qui couvre les gazons
Sur le terrain blanchi tombe en légers glaçons,
Et les hôtes muets de nos tristes bocages
Pour des climats lointains désertent nos rivages.
Adieu, douce retraite; adieu, vallons chéris !
En répétant l'adieu, nous marchons vers Paris.

L'éclat de la santé brillait sur ton visage :
C'était un ciel serein recélant un orage.
De ce bonheur si pur interrompant le cours,
Soudain le sort jaloux vient menacer tes jours;
Ton regard presque éteint annonce une victime,
Qui s'approche à pas lents de l'éternel abîme ;
Tu parais à nos yeux comme un pâle flambeau,
Au milieu des cyprès, penché vers le tombeau.
Ce tableau déchirant qui se peint à ma vue,
Réveille la terreur dans mon âme abattue ;
Que de pleurs en secret coulèrent de mes yeux !
De mes tristes accens j'importunais les cieux :

Les cieux furent touchés de ma douleur profonde :
Tel qu'un navigateur sauvé du sein de l'onde,
Tu vois se dissiper les ombres de la mort :
Après de longs dangers, tu rentres dans le port ;
Tu parais animé d'une force nouvelle,
Une nouvelle ardeur en tes yeux étincelle ;
Ton génie a bientôt retrouvé sa vigueur
Et sur le Mont Sacré déjà plane en vainqueur.

Du langage des Dieux admirons la magie ;
Alliant à la grâce une vive énergie,
Il sait peindre des cœurs les divers mouvemens,
Et l'ivresse, et la joie, et les maux des amans ;
Il sait d'un doux attrait embellir la victoire
Et des héros du monde éterniser la gloire.
Poursuivant les tyrans dans la postérité,
Il condamne leurs noms à l'immortalité.

Aujourd'hui que pour toi naissent loin des orages,
Et de paisibles nuits, et des jours sans nuages ;
Reprends, ami, le cours de tes nobles travaux,
Demande aux doctes Sœurs, des chefs-d'œuvre nouveaux.
Enrichis ton pays du trésor de tes veilles ;
D'un prophète divin (7) reproduis les merveilles,
A nos esprits charmés rappelant ses accords,
Excite au fond des cœurs de sublimes transports.

De l'Homère du Tage (8) éloquent interprète ,

Fais du grand Camoëns l'éclatante conquête ;

Et que ta Muse encor en ses hardis essais ,

Du génie et des arts proclame les succès (9).

Des vulgaires sentiers abandonne la trace :

Sens-tu le Dieu des vers seconder ton audace ,

Encourager ton zèle, échauffer tes accens

Et, la lyre à la main, présider à tes chants ?

D'un Zoïle en courroux , si l'impuissante rage

Distillait ses poisons sur un si noble ouvrage ;

Garde toi , cher ami , d'en paraître abattu ,

Tu lasseras l'envie à force de vertu.

Je te vois , occupant les cimes du Parnasse ,

A côté de Rousseau conquérir une place.

Prends donc pour ton génie un digne et juste orgueil :

Environné de gloire , et vainqueur du cercueil ,

Tu sauras mériter une palme immortelle

Qui croîtra , chaque jour , plus brillante et plus belle.

Mais que dis-je ? à tes yeux cette gloire n'est rien ;

La véritable gloire est pour toi dans le bien :

En propager l'amour est ta constante étude ;

C'est l'éternel objet de ta sollicitude ,

Et tu parais avoir reçu la mission

D'inspirer des vertus la noble passion.

Ton discóurs animé d'une autorité sainte,
Laisse après lui, toujours, une profonde empreinte.
Tu connais de l'enfance et l'esprit et les mœurs :
Tu sais de la jeunesse électriser les cœurs :
Je sens qu'à ton aspect tout s'émeut, tout s'anime,
Que l'âme vers les cieux prend un élan sublime.

A ce premier des arts (10), cinq lustres consacrés,
Tes travaux paternels d'un doux prix (11) honorés,
Des hommes tout formés par ta sage industrie ,
Rendus, pour les servir, au prince, à la patrie ,
Tous épris de l'honneur, tous amis du devoir,
Comme à la liberté, fidèles au pouvoir ,
Tous enfin par le cœur, l'âme, le caractère ,
Attestant les bienfaits de ton saint ministère ,
Voilà pour ton pays, pour ta gloire à la fois,
D'insignes monumens, d'incontestables droits.

NOTES.

(1) Cette Epître a été composée à l'occasion d'une maladie grave, survenue à M. le Febvre, au retour d'un voyage que nous avions fait ensemble au Meillet, campagne située près de Mantes.

(2) Qui ne serait attendri en parcourant la forêt de Rosny, à laquelle se rattachent de si nobles souvenirs ! Ces beaux lieux avaient parlé à l'âme de Monseigneur le Duc de Berry , de glorieuse mémoire, sans doute parce qu'ils lui rappelaient sans cesse le grand Roi avec lequel il avait des rapports si touchans. Comme Henri IV, hélas ! il est tombé sous le fer d'un assassin ; mais la Providence a voulu que cet excellent Prince, tout frappé qu'il était d'un coup mortel, se survécût en quelque sorte à lui-même, pour mettre en lumière tout ce qu'il y a de grandeur dans l'âme d'un héros chrétien. Sa longue agonie, qui est une vie toute entière, et une vie pleine de gloire, a quelque chose de surnaturel et qui tient du miracle.

(3) Mantes a été surnommée, par Henri IV, *Mantes-la-Jolie.* Elle mérite bien ce nom par sa situation pittoresque et par ses délicieux environs, qui sont un véritable Eden.

(4) De combien d'hommes célèbres ou recommandables la maison de Juilly peut s'honorer d'avoir été le

berceau ! C'est le résultat de son organisation toute paternelle et vraiment admirable , et de l'instruction chrétienne et éclairée que la jeunesse y reçoit. Il ne peut exister nulle part un lieu plus propice à l'éducation. On est isolé de la Capitale sans en être éloigné ; tout ce qu'on y voit, tout ce qu'on y entend, tout ce qui vient se retracer aux souvenirs porte au recueillement , à l'étude et à la vertu.

(5) M. le Febvre a traduit en vers un grand nombre de morceaux d'Horace et plusieurs églogues de Virgile, entre autres la quatrième églogue, où le prince des poètes latins a pris le ton de la poésie lyrique en même temps qu'il y a prodigué tout le charme de la poésie pastorale. Cette églogue est signalée par ces deux vers :

Et comme lui, porté sur des ailes sublimes ,
Célébrait le retour des siècles magnanimes.

Magnus ab integro sœclorum nascitur ordo.

VIRG.

M. le Febvre a traduit également le chef-d'œuvre de Catulle , l'épithalame de Thétis et Pélée , qui est l'un des plus beaux morceaux de l'antiquité.

(6) Le respectable Père Mandar , qui était directeur de la maison de Juilly au moment de la révolution, avait fait une Epître sur la vieillesse. Il invita M. le Febvre, dont il avait été le guide et l'ami, à revoir cet ouvrage, où l'on distingue des beautés d'un ordre supérieur. On pourra s'en faire une idée par le portrait suivant du chan-

celier Lhopital, l'un des plus grands hommes des temps modernes.

. . . .

C'est le grand Lhopital, l'oracle de la France,
Sans altérer la Foi , prêchant la tolérance,
Combattant de la cour les vices, les complots,
Avec les mœurs d'un sage et l'âme d'un héros.

(7) Allusion à un poëme lyrique qui a pour titre : *David, Roi , Père et Prophète.* Ce titre si simple fait sentir toute la beauté du sujet que personne ne pouvait traiter plus dignement que M. le Febvre.

(8) Il nous manque une traduction de la Lusiade ; car on ne peut appeler ainsi l'Imitation que nous en a donnée le Quintilien français , qui ne connaissait pas la langue du poète portugais. M. le Febvre, secondé par M. Millé, son ami, et par M. Verdier, littérateur portugais, éclairé aussi des conseils de M. de Souza, si honorable éditeur de la Lusiade, a donc fait une véritable conquête en traduisant fidèlement le Camoëns , qui est un poète plein d'élévation , de force, d'élégance et de patriotisme.

(9) M. le Febvre est au moment de mettre au jour une seconde édition d'un poëme lyrique , intitulé : *Le Génie voyageur ,* dans lequel il retrace les grands événemens qui appartiennent aux temps anciens et modernes. Jamais la poésie lyrique n'a été appliquée à un sujet plus grand et plus fécond. C'est surtout lorsque le poète nous représente les grandes révolutions qui ont eu lieu dans le monde , qu'il excite en nous l'enthousiasme et l'admira-

tion. Il fait en quelque sorte assister aux sanglantes funé-
railles des empires. C'est Bossuet, poète. La première stro-
phe que nous allons citer fait bien connaître le sujet que
l'auteur a traité. On y retrouve la chaleur et la hardiesse
de Pindare.

> C'est toi, génie infatigable
> En ta féconde activité,
> Et dans ta marche irrévocable,
> Par l'obstacle même irrité,
> Qui, d'un vif amour de connaître,
> Saisis l'homme, agrandis son être;
> C'est toi qu'appellent mes transports;
> Viens animer ma docte lyre,
> Viens guider un brûlant délire,
> Et faire absoudre mes accords.

(10) Ars artium. (*St. Aug.*)

(11) Ce prix, c'est le témoignage de sa conscience,
c'est l'estime publique, c'est le bonheur d'avoir contribué
à répandre les plus saines doctrines et les sentimens les
plus élevés.

FIN.